梁川梨里詩集

ひつじの箱

Boîte des moutons

七月堂

本当に大切なものは目には見えないんだよ
Le plus important est invisible

サン＝テグジュペリ

目次

ひつじの箱　Boîte des moutons

らんざつならんし

乱視がいいね
やっと、星の仲間入りをした
精確に見え過ぎるがために見過ごした目は
小瓶の中で凝視したまま足を抱えた姿勢で
溝に流されていった

＊ふらんしす

一文字多い死の色を白と黒の丸い玉で追う
いかした舶来の名を呼べ
土に還る仕事は蚯蚓に任せた
さよなら、ささくれたさいせい

　　　　　　　ふらんしす

＊

きみの名をシャボン玉に込めた
無加護に放たれた呼気のごとく
わたしの腐りきった魂いの欠片がちいさく瞬いている
気狂いの着ぐるみを着た　きみの瞳に

　　　　　　　ふらんしす

＊

乱雑でいい　爛々と整列した
ラマダンの声を成す卵子
必要な分だけをとりこぼす糜爛

にわとりいかに成りすました
ルピナスがよく似合う鳴けない鳥
女という傾ききった文字が
上手に書けるやつなんか信じちゃいけない
薄墨をなぞる　いかさま
足の多さより柔らかさが欲しい

もう　瞑ってもいいよ

だいたい　光ってしまえば
きみの　かちだ

十（とう）

鬼の足跡を数えながら立ち入り禁止の森に入る

盆踊りの内側で　帯が解けて困り果てていた　めのこを
櫓の片隅に手招いて　蝶々結びをしてあげた

はらりと襦袢が捲れ　お団子髪の奥から
生えたての角が白く光る　裾を整えると風がやんだ

村のもんでねえ　めんこい子やのう
、と婆さまが言った
何を言っとる　誰もおらんがな
、と母さんは言った

わたしと婆さまは　髪を角でくるくると巻いた
鬼っ子と縁側で　なんごなんごいくつ、をした
おはじきはちょうど十しかなく
終わるといつも少しだけ増えていた
とうも増えた時には　さすがにびっくりした

鬼っ子は満月の夜に決まって庭に立っていた

婆さまが死んだ夜　庭の木からポタポタと雨が降った
満月の尖った先で　空を掻くような音がして

足おとだけがペタペタと夜を渡り
婆さまのおはじきがバラバラと撒かれた
雨のせいにして慌てて拾い集めると
ちょうど十で　それが少しだけとうを超えていないことに泣いた

鬼っ子は　婆さまの葬式以来　見えなくなった
鬼っ子も婆さまいない縁側は広い
しんだのは婆さまなのに　わたしが、しんだ満月の目をしていた

暫くして僕は子を孕んだ

まあるい腹をさすると　内側から音がした
あの夜の、満月を掻く音に似ていた

腹に宿った子が彼女と僕の子だと　婆さまは笑いながら言った
「とつきとうか、おまえの腹は狭くてかなわん、早く出しとくれ」

取り壊された家は　縁側のない高い建物に変わっていた
腹には手形が盛り上がり
久しぶりのひかりと共に
生暖かい水を頭からざぶんとかぶった

ストレイシープ

目覚めた砂丘には
枯れた表層を隠す底なしの水がある
砂を掻き分けて現れた大きなまるい光は
凝視することを赦さず翻されたマント

遮られ行方の見えぬ砂の地はどこか故郷の街並みに似て
細かい粒子が気道を確保して埋もれない足を創造する

此処でしか通用しない足の細い括れに巻き付く蛇は噛み付くことを忘れている
わたしが息を忘れていたように
一度止めてしまうと思い出すことは難しい

ねえ、此処はわたしの中の世界なの?忘れるための砂がきれいね

蜃気楼の波打ち際では
厚みを帯びない椅子の
芽吹く命のないことを知りつつ
月が傾くまで守り続けている

〜〜 なみ、ですか
なみだ、ですか。。。

欄干で待つ夜が昼の喧騒を拾いながら
粘液質の黒い布を引き摺り
なみだたない海に還す
かぎろひの燃料は満ちた

噛まれた右手に上がった三日月が
見下ろす、一匹だけのひつじの群を
ひとりきりのわたしたちが追いかける

幻はいつもどこか切なくて後ろからくる夜に似ている
なき声を聞き分けられずに眠り続ける椅子の在り方は

（わたしを通り抜けた先です）の標識を確認した

ばか笑いの領分

ばか笑いした夜は
その中にいるうちにもう縮んでいて
それはたぶん記憶のせいではなく
毒気にやられたのだろう

どうやら名も知れぬ海辺に辿りついたらしい
手紙やメールではない
前髪の耳に海鳴りが届いた

桜をめぐる最後の日

砂粒に入り込みやすいばか笑いが
あちこちで再生される、波に浚われる、
を繰り返すうちに
粒はさらにちいさくなって
あと少しでわたしのまぶたに叩き落とされる

海までの距離は近くて遠い棺で
繋がれ、引かれ、閉ざされる

ぽろろんと震えた花粉のみくろん
息の行ったり来たりを

鼻腔が見ている

やけに磨き上げた夜ですね

脳はからだへショートカットされた
目的は分かりやすい場所に
保管しなければ埋もれてしまう
ぐんと背筋を伸ばしても
届かない隠されたものはみな
別に用意され
冷静にぽたりと落とすなかに
わたしはいて
たぶん　ずっと流され続け

流されなければ生きていけないわ、と
大笑いをしている

雨を漕ぐ

この雨の漕ぎ手は誰ですか
ビー玉に閉じ込められた行き先が
捻れながら振り返った先で
零れ落ちた一滴の話しをしようか

漕ぎ手はいつも、あなた、と呼ばれる人です
規則性はなく、櫂を渡された野原の露を
整理する清掃員も兼ねています

雨粒は少な過ぎたら雨でなくなり
多過ぎたら天地創造になってしまうので、
匙加減が大事です

漕ぎ手は、わたし、です
傘をかさねて持つ手の先から
雨がスタートしてしまうので
何度もやり直すのだけれど
今日も、やはり上手くまとめることが出来ず、
落とした粒を拾いながら
なく、のです
なくす、のです

あなたの拾った雨が
わたしがここでなくしたもので
あなたの喉から始まっていました

喉を鳴らした猫が
濡れたひげを乾かすために
ひとり一個のドライヤーで
月夜に遠吠えをする、この丘は
猫から始まっているのでしょう

この猫の漕ぎ手は、
だれか、と呼ばれる人です

いつか、この世を去る時に
言葉をひとつ、
昨日の景色に植えることが出来るのです

この丘は、どこまで続いているのでしょうか
屋根の上や、木の根や、あるいは海の底から来るもののために、
広く間口を開けています

あなたがわたしを呼ぶ声が、丘で反射するのが好きです

語尾が出て行かない
ずっと待ち続けてお伽話になったら、
わたしのおばあさんに読んで聞かせましょう、

ある日、わたしがこの世界でみた景色を
漕ぎ手は、わたし、ではありません
わたしは人称の変わりやすい種を蒔くものです

夢の糖度を計り、舌で転がす
綱渡りの道化師が丘の向こうからやってきて、
わたしの足を探している

みつからないように隠れたまま
手を挙げる「ここだよ」

今朝も何艘もの舟が出て

「オールを立て」の合図で一斉に開く花が
わたしでありあなたであり、
明日には咲いていたことさえ忘れてしまうくせに
漕ぐことを止められない、瑣末な事象です

晴れ上がり

降り出した雨に
そろそろ帰らなくちゃ
と駆け出したわたしがベッドで目覚めた
ねえ、そこはわたしの底に
横たわる─でしたか
見ることの出来ない─をみた

布団をいちまい剥いでいた

帰って来ようとして蹴り上げた足を
通り抜けたものたち
どうせ雨なら持って帰ればよかった

其処此処に降るものを託した
水の負荷につぶされる前に放つ大きなBANG
見えた　みたい、見たい　みたい
塵まみれの　め　よりまえに世界も正解もなく
まだ遅い、拓かれかけた均衡を破らないわたしの目と
その奥底で繋がる手が戸惑いの背中を降ろした

机の上の分厚い本に
たたまれない雨は　苦しいみたいに止んで

宇宙ステーションのざわめきのない闇に抱かれたまま
その名を呼ばれた気がして振り返る

【紙を噛んで歯型を残す】

粒の子どもは大きな質量のシーソーの相手を探し
高さのない床で反射された　ひかりに似た景色を知っている
網膜を超えたものが胸の奥に穴を掘る
誰かのためでない穴は　寄る辺なきかがくのとりこ
揺れた─　揺らした
誰に─　誰が

ことりと音のした滑らかな唾液が

散らばった新しい鳥のすがたを晒す

攫われない足場はもうない
砂金取りの来る前に掘り当てた
鉱脈のあおいひかりを放つ星の水底に
わたしの足は隠されていて
うつくしき―かなしき
名前を呼ばれたがっている

白夜

街路灯がこっそり乗り込んできた、気配だけ、北欧みたいに
(気付かないふりをしてあげる)
もっと狭い入口から真っ直ぐに落ちた光が井戸の底でぐぐもっている、月みたいに
(騙されてあげる)
傾いた風景のキューブが飲みほしきれない、飲み干す必要もない
鍋の湯気をみつめる細く長い目が森に流れはじめ
瞼の裏では太陽の磁場が点描／転回する（もう、左に曲がれない）
ともしびが等間隔に並び立つ真白き夜の北欧みたい

自動点灯の中をタイヤだけが出勤時間へ向かう
もう間に合わないかもしれない
行ったこともない国に紛れこんでしまいました、パスポートも持たず
有給休暇を取らせてください

まばたきの数をかぞえる街路樹の尖った葉先に刺さった視線

フィヨルドで二倍に跳ね返されたわたしが岸を越える
乗り捨てられた車を牽引してゆく黒い足下で橋が流された
振り向くと景色はなく、わたしは失くした顔を捜している
「顔は名前ですか、区別するなら番号でいいのに」
差し出されたものに首を振る

首は喪われていないようで、月の欄干へ羅針盤として据えられた
（太陽は菜の花色と決められた　（月の夜にハウリングする叢の
（名など無き虫の音色が渡る夜

入り江に打ち上げられたしたいが、きみによく似ていると聴き
下ろうにも下る手段がないことに初めて気付かされた

ない月の、衛星の　つき　と名付けられた
ある太陽の、惑星の　中心点　に定められた
にんげんの声は地軸をぐるぐるまわり、どこかに行き着くことを請いながら
未だ準備中の看板が外れない

地球儀の傾く角度に咲く花のはなびらいちまい重力が引く
鳴り響いていた細い首が振り向き、咲いた花の全てがわたしの顔でした
黄色い左を喪失したままの、

揺れる

風は、気孔を空に向けるゆびさきを持つ
なめらかな所作で
ひかり、なのか、花、なのか
ひかりの花なのか
分からないことは
分からないままのほうが
うつくしい

見下ろすと木の振り分けられたつむじが見えた
入り乱れた軌跡を細かく描写する
揺れが、わたしに風の道筋を示す

風のない地下へマントルまで届きそうな
エスカレーターで下っていく

風を感じて振り向くと人間の作った空調で
窒息しないことを不思議な様子も見せず
わたしの右側を駆け下りていく
サラリーマンの鞄からこぼれ落ちている
ひかり、
(落としましたよ)

次々に落ちたものは床から少しだけ
浮いたところで留まり続けている

空洞なのに落盤のない
恐るべき構造物は頑丈すぎてこわい
地下鉄で地震に遭ったら
水の中のように揺れを和らげてくれるのか
それとも感じたことのない性質で刺すのか

大江戸線に乗り換えるまでの距離を持て余す
ホームは、まだか
ヒールがカツンと発火して見えない炎が
足の爪に食い込んだ痛みが

非日常を束ね始める

落下防止の扉は　しにたいひとになど
あっという間に越えられてしまう
生死の境界線にしてはあまりにも低い

ここに風はありません
それでも電車が来ると靡くのです
これも、風と呼んでいいですか

電車がホームに入って停止した
扉と柵のあいだは、もうひとを潰せない
柵が開き、扉が開き、何重にも

また守られてしまった

わたしの頭の上の電車のパンタグラフの上を
人が歩く
車が走る
工事現場の幌が靡く

次の停車駅名が電子掲示板に流れて
速度の上がる音を聞きながら
倒れないように足の位置を確かめていると
揺れなければ存在しないような意識を得た足が
床からにょきっと生えている

風が吹いている地上からは
わたしのつむじが覗かれている
ひとが乱立する箱の一本の木として
揺れている

黒い瞬きの蓋

蓋をした
せかいは消えた
終わりは　わたしの手

ひかりを意識下に置くために
微細な静けさの触手で
消えて、見えて、最後に
蓋をする

手首の内側に　首筋に　皮膚の下から
波打つ点滅に　注視せよ

黒くぽっかり空いた口から吸い込んだ
見えない生き物をまた　あまた吸い込んだ
腹で溶け出すまで　食道は渋滞のまま
整理券を配布している

動くものと動かないものを
二枚のかさついた唇で
蓋をした
息苦しさに負けて

細く開いた隙間から
ほら、また吸い込んでいる
ほら、まだ吸い込んでいる

天蓋の隠された納戸から声が漏れた

瞼が閉まらない　隙間は四cm
いい点滅が来ていますよ
助産師が目の玉を撫でている

ああ、世界が真っ赤だ
血にまみれた球を排出するための
点滅の間隔が狭まり　溢れた

受け止めた手の上で
ばっさりと切られた視神経の細い線は
銀の皿の中で　どくどくとまだ血を吐いていた

暫くは生きているのですよ

事もなげに助産師は言い
生まれた球を差し出す
（この丸き天体の名を　君は知っているのか）

おめでとうございます
立派は男の子ですね
これで銀河は白ら水の放出を

少しの間、停止出来るようですよ

また、またたきが始まる
銀の皿から浮かび上がった球は
急上昇と急降下を繰り返し
一点に落ち着くと
可視光線を発した

満足気にうなづく助産師の顔には目がない
わたしにはまだ片方の目があり
生まれるための準備は整っていない
まばたきが心臓に息を吹き込む

口や鼻で息をしているという錯覚の下で

おかあさん

頭上の黒目がわたしに向いた
軌跡は汽笛のいっぽん手前で
売られているタバコで
彼はその葉巻の先を咥えた

ねっとりとした手の
黒い紙がわたしと球の間を
通り過ぎ、戻り、
その手の内に僅かな痕跡を残して消えた

朧

姿が　ほとんど闇だ
かしゃかしゃとうわぎの擦れる
柄だけしかない闇だ

月が、おぼろなのか
目が、おぼろなのか
耳が、おぼろなのか

横棒ばかりが目立つ感覚の果てで
手を振っては　いけない
渡ってしまうから

眩暈の向こう側に
走りだした子どもが　轢かれた
血も飛び散らず　痕跡のない消滅に
軋んで泣いたアスファルトの窪みが
地球の反対側で凸た

躓き倒れたわたしを抱き上げた手が
裏がわのわたしに届くまでの一瞬に
春が来て夏は去った

去年の粒々を仄かに香らせた
花の息遣いが弾けたままの力で
投げ出されることなく
わたしはまわり続けている

触れない手の届かない場所へ
隠し持つ手の型を置き忘れたまま
昨日のしるしをみつけても
僅かに逸れた点の位置
明日が明後日でないことを
ちいさく口ずさみ　陽気な手を振る
もう、誰もひかれないよ

ほんの少しずれたから
ゆっくり手を振ってもいいよ

儚む

あおのみどりが散らかった光を集めて羽化する手前で、はやんだ世を儚む脱いだ殻の音がした
足音かと空を見上げると、鼻腔の奥のもう鼻ではない部位でくすぐったい埃の匂いがする
何の予告もなしに雨や雪は来ない
身体に刷り込まれたDNAは自分が思うよりずっと研がれた感度のまま引き継がれている

空の極点で無音を奏でる恐ろしいほどの静けさに身を縮め、冷やされた鼻の赤みを気にしながら頬杖をついて雪に転々と灯るもいろの痣を数えている

花びらと雪が層になる苺ケーキ仕様の道をタイヤは何の躊躇いもなく轍を刻む
季節外れの上空の寒気が飛び石に留まり池は身を呈したまま逆フライングの冬に、ちっと口を鳴らした
桜の花弁が水面を揺らす遊戯の招待券の回収を手漕ぎボートの櫂に任せなければならない憂鬱に口を尖らせて

開いてしまった花弁は氷りついたままポタンと落ち、目が覚めた亀はまた水中で目を閉じわたしはコートの襟を立て家を出る
雪の日に白を着て保護色として守られてしまわぬように色のついた服を着た桜の樹の前で立ち止まり、その肌を撫でていると無惨な姿で散ることを残酷だ

と、いっそ揺らして一度に降らせてしまおうかという想いがふつふつと泡立ち
はじめ、たまらずゴツゴツの樹肌をのぼる
それはわたしだけのあられもない欲望でしかなく桜の望みなど知る術もないの
に根から循環してきた熱を帯びた翳りに擦り傷だらけの手足が灯される

静かに閉じた瞼の裏では光は放たれ続けている
桜の視線で見下ろすと道路についた痣もまた散るも散らないも大差はなく耳元
でくすぐったく枝が揺れる
葉は去年の空の下にあり花びらが擦れあうとふうっと日向の匂いがした

溢れる

注いだ水が溢れ出す頂点で膨らんだ
針の先で突けば雪崩る、その表面の
ぷるぷると揺れる様が、肉を帯びている
骨がない不安定な揺らぎは
焼き場から立ち昇る煙ほどに
大気を沸騰させた

海も盛り上がった姿をして引き摺り込もうとしている

身投げ寸前の魂の切れ端を

七つの海の名を並べ、隣にわたしの名を添えて
密やかに弔う盆提灯
いつ死んだのかさえ気付かないうちに
どうやらわたしたちはしんだのだという
胡瓜と茄子を慌てて買いに行く
乗り物がなければ帰れない、道標は線香のにおい、
誰にも焚かれることのない線香を自分で手向け、路を拓く

回帰する。
胎内の坂道を一気に駆け上がり、
盛り上がったぴんく色の肉で

行き止まりだったはずの場所に穴が空いてる
ドクンドクンと揺れる壁の闇を抜けた
安堵が歪ませた水晶体の縁に沿って
押し上げる水の、ふくよかな丸み

ああ、ここはわたしのまな裏か、
涙がなみなみと注がれ、零れる寸前で停止している

あふれる先を知らぬまま消される意識もまた溢れだし
溢れたものたちが犇めくわたしの中で
小さな、わたし、が消えたり点いたりして、回っている

雪のわたし国

雪のわたし国は消えた
日傘の下でゆっくりと息を整えていると
ヒビの入った肋骨が
雪かきのせい、
雪か気のせい、と囀る
吸い込む冷気を懐かしむくらい
遠い国にいます
またそのうち会いに行く

雪のわたし国は元気ですか

氷を溶かすマドラーは
まだカルピスまで届かずに
カラ、から、と音を立てる
喉の奥に張り付いたままの
中途半端な季節は
怠けた身体を持て余し
この地へのパスポートを出しなさい
、と怯えさせる

昨日と今日の違いをうまく言葉に
出来ないことが当たり前であって

欲しい、入国を許可されぬわたしは
今、どこにいますか、空のどのあたりを
漂っていますか、サイトシーングでは
駄目ですか

四つの国が用意され五感を研ぐことで享受の許可を与えられる

わたし国は一方通行です。
二列歩行も後戻りも禁止です。

誰かと共にありたいなどと
錯覚じみたあなたの手紙は入国を拒否しました
またポストを忘れましたか

まだ背の高い赤いポストですか
その高さは君の背丈ですか

いつかの手紙の返事がないことで
諦めた、メールマンが川に捨てた
一枚が届くはずのないことを
誰も知らぬまま　宙に浮いた言葉を
回収するのは誰ですか

手にした便箋を開き木の上で読んでいる鳥に似た影を追いかけてゲシュタルト
崩壊した気持ちの悪い文字が絵よりもはるかに意味を失った象形な視覚は　や
わらかく傷つき閉鎖する危険をわたしの指が見えないところで暫く身をひそめ
てポストが始まる

ゆっくり背中を割ってゆく
脱皮した皮を流す灯篭が
点いたり消えたりしながら
わたしのつま先を見つめている
センサーが作動して
次のわたし国が始まった

ひとつ前にぽいと棄てられたわたしは
二度と復元されずに
筋目だらけの紙を熨された
覚束ない記憶を
他人事のように肩にかけて

また同じ手紙を書いているのかもしれない

たまごの記憶

ぽんと音がするんだ
今月は左の卵管だったよ

ツルツルと肌触りのいい
ご飯にきっちりと載るようなたまごなら
もっとわかりやすく慈しめるかもしれないのに僅かな時間で排泄される液体の
たまごはなぜ赤い色で下着を汚すのか

凝固しない赤

きみを向い入れるために用意していた部屋ごと、うわあうわあと下る
（くだらない）下る
／1000100010g、大きいほうですね
（まだうまれないおおきさだ）
／何週ですか／110001週です
（わたしはにんげんではないものをうもうとしているのか）

月が下るたびに生まれなかった
子どもが呪いの夢をみせる
たまごに意識があるなら
分裂したい、と

食べられたい、の
　どちらを祈るだろう

捨てられることに慣れすぎて産んであげられないことへの懺悔なんて微塵もなく毎月ばかみたいに鬱々と落ち込み腹痛もしくは頭痛と共にナプキンを大量に消費する面倒くさいだけのおんなのからだ

最後は黒いビニール袋に入れきゅっと締めて燃えるゴミの日に出す
密やかに手早くあなたの部屋から排除される、二度目の排除だ

たまごたまご
　まご　まご　していると
清掃車が来てしまう

早く首を絞めるんだ
もしかしたら生きているかもしれない
微かな生に最後のとどめを無意識に打ち
もう
、たまごのことはきれいさっぱり忘れている

月の満ち欠けになぞらえた
二十八日のうちの五日を
血まみれの下半身は黒い日とした

／十二日を過ぎても高温期が続くよう
だったら受診してください／

不妊治療のまな板の鯉は今月もまたタイミング着床なんとかに合わせて筋肉注
射を何本も打つと薬まみれはたまごに刺さり　厚みを増したベッドに綱渡りの
ような角度でぶら下がり分裂をはじめた

　／せいこうしました
白日の下
ぽんと鳴ることはなかった

徐々に乗っ取られたからだはもうたまごではないものを産み出す頃には　息も
絶えだえにばったりと仰向きになり　前にせり出した腹をよくよく見れば奇怪
な蛙な腹を　かわいいと撫でる狂気をおんなは殻に隠し持っている

わたしがたまごだった頃

母はまだいなかった
母のたまごはわたしになる前に
呼び戻され、息をした
海亀の涙ほどに
出てくる先は収縮し
つるんとぬけた白い膜を纏った
きみの無防備なはだかに巻かれた
タオルがこんどの住処だ

地

オウム貝から伸びた白い足の垂れた先に
隆起した地形の痕跡が告げた湯気は眼鏡を曇らせた

剥き出しの肌を見せることがなくなった
コンクリートで固められた地球の垂直を
定規をあてて計測しながら同じかぎろひを見ていたね
（それはわたしじゃない）

強く踏みしめても伝わらない
地底に奉納された神々の存在を
夜空に、ばら撒いた骨が、きれい
（さっさと仕舞いなさい）

オリオン座とカシオペア座しか覚えていない
あれほどぎゅうぎゅうに押し込めた
教科書の最初の一行しか残っていないなんて
（教科書の欄外に書いた詩を消しなさい恥ずかしい子）

書いた詩の一語で
恋は終わったし、神は死んだ
いてもいなくてもいいようなものだったけれど

大事にしないとバチがあたると言われていた
言った人たちがひとりづつ逝ったから
もう言い付けは破ってもいい？

八十有余年、心臓が叩きつける太鼓の音色を
白い馬は国語の教科書の中で聞いていたし
君の骨楽器のように鳴らす空の木琴は晴れの日にだけ聴こえる
（ああ、もうたくさんだ）

撒かれた星を、惚けたように魅入る為だけの夜をやり過ごした
食卓の朝は　いつも　少しだけ印刷の匂いがしていた

さかなを産む

雨粒の、ぽつん、を
部屋は呑み込んで
むせ返ったわたしの口から
吐き出された、さかな
ぴしゃんと跳ねて原稿用紙を濡らした

「また、産んでしまったね」
彼は手に載せると水槽に放つ

君の奇形なさかなは泳ぐこともままならず時に夜泣きもする
未熟な尾鰭が左右に揺れる音が部屋を浸す
どうせ数時間で死んでしまうものを
産むのはもう止めろ、とあんなに
言って聞かせても、君には駄目なんだね

まだ生きているものもいるよ
ほら、その青い目のは先月産んだもの

彼はいたたまれない様子で
わたしを見下ろしながらいう
そのためにいくつしんだの？

頭を空っぽにしておくこと、
青い目に吸い込まれないこと、
彼はそう言い残して部屋を出ていった

たまにしか帰ってこない彼は、もしかしたらわたしが産んだのかもしれない
怖くて聞けなかった
あまりにもわたしの言葉にそっくりな彼に抱かれていると
まるでじぶんに抱かれているような気持ちになることを
いっとう上手く産むことの出来た彼は
自分の足で歩くことも出来る魚だ
もう二度と産めない魚だ

彼は、ふと思い立つとわたしが異形なものを
産んでいないか確認に来る

彼に降りた唯一無二の上出来な魂は
いつかわたしを忘れてしまうだろう

水槽に放ったばかりのさかなが
腹を上に向けて死んでいる

青い目のさかなだけが唯一、生きているわたしのさかなで
外に連れ出すことも出来ず、暗闇で光る目を見つめ続けているうちに
わたしも背中に鱗が、指先の間に水掻きが生えてきた

退化したわたしは自分の産んだものと同じ水槽の中で
空を請いながら

いつか、空、を忘れる

白い瞬きの蓋

ちいさな声で骨を叩く
皮の下のことは何も知らない
人体模型の構造を知っていますか
「わたし」に例外はある

レントゲンで白く映った影
目でみる世界と反転した体内を
目の玉を裏返して移動出来たら

胃カメラなんていらなかった

＊

見た時だけ差し替えされた
内臓は擬態ですね
見ていない時　そこは空洞ですね

＊
＊

まだ疑惑は残る、そう、痛みの擬態です、すべて擬態することで隠された空洞
の行き先と高さは九番目の天体の鍵に隠された子箱のねこです
痛みでしか繋がっていることを確認出来ない程度に仕組まれた肋骨と筋肉と無

数の大小の血管が犇めき合う一度飛び出したら元に戻すのが困難なほどに密集
しあったものたちの僅かな亀裂を示す信号の痛みは白でした

＊

白々しい夜明けだ
あるものもないものも
あるかないかもわからないものも
一様に開け放つ朝に
飛び立つ鳥の心臓が
微弱な振動を常に与え続けて
いることとさえ
内側に向けなければ

きづかれない

見えにくくした理由を問われた／
口をきけぬことを理由に答えなかった／
赤は未熟な視力でも識別可能な色と定められた／
レントゲンで白く示された赤い炎症の肺／

扉は閉じられている　まばたくものだけを残して
既に身体は生まれた時から乗り捨てられており
ニューロンだけが光行差を持った　またたきだった

見えないものの時間

いちばん最初の風に
いちばん好きなタオルが靡くと
目を突き抜けた矢が印を結ぶ
陽の匂いを含んだ柔らかい風そのものが
タオルの縦糸と横糸の間で
いつまでも昼寝しているのを
わたしは仔犬のように嗅ぎながら太陽に抱かれる
矢の先がわたしを指し続けている限り闇は来ない

身体の奥に穴がある
どんなに熱いお湯に浸かっても温め切れないのは
穴の反対側から　わたしの熱を奪ってゆくものの手
いちにちかけて蓄熱した風だけは穴を抜けずに
わたしの身体を内側から温める

ベットはいつの間にか　いちめんの原っぱで
あおぞらの矢印が風見鶏の雲の上の国に生まれた

丘の上に立つ人影　帽子が飛ばされ
まとめていた髪が流れ出すのを
戸惑いながら追いかける細い草の指

矢が欠け始めた頃には
月の横に見慣れぬちいさな惑星が
引力を淡い蛍光色に描かせて鳴いているだろう

夜の蚕がはじまる
口から吐き出された糸が月と惑星を旋回し
ピーナッツ形の繭を濡れた口から引かれた線が
まあるく月に孵るまでの
　あわい、ひわいなほどにあおいあわい
闇の中の昼を抱いた
わたしが月なのかもしれない
糸を吐く蚕がひかりの森なのかもしれない

可能性の言葉が体内を巡り為す果てに
宙ぶらりんな的が　いくつも垂れ下がる
この夜のなまえを産まれる前に誰かに
聞いたような気がして指先に視線を落とすと
発語の帳が降りた

血脈の蛇

浮き出た静脈の青さに怯える
額をさすると指を喰いちぎられそうだ
ドクン、
突き破ったら青は赤になり
噴き出してわたしをころす

理科室の人体模型の生々しさで
血管を傷つけることなく伸ばしたら

ずいぶん遠くまで行けるのかもしれない

皮一枚の下で暴れる蛇は
心音に合わせて肉をぬい、骨を避け、
きっちりとおさまるべきところで
流れるように
身を縮めていなければならない

君が君らしく牙を剥くために
静かに沈みゆく音の行方を数えていなさい

頭蓋骨の内側で這い回っていた君の
冷たいぬめぬめとした肌に触れ

わたしがどのように組立てられていたのかを知らずに逝けない

胃カメラを異物と見做した反射嘔吐の中
涙で滲んだ画面にきれいなピンクが
映し出されていた
汚いものをたくさん飲み込んだのに
剥きたての果実のように瑞々しい色

待ち切れない蛇が鎌首を擡げた
ドクン、だ
わたしの体内線を越える

さなかをかく

雨が降る、ずんずんと降る
傘に長靴、から、ボートへ足が変わってから
かれこれ三カ月が経つ頃、二階の窓から出入りをはじめた
こんなにたくさんの水は何処に隠されていたのだろうか
牛乳瓶に入れて流された言葉でうおうさおうしていたわたしたちは
半年で雨がやまないことに同意した

高い場所を求めて殺到すると予測されていた偉い人たちもわたしたちも

沈んでゆく家の中で、残り少ない乾パンと安い珈琲の最後の一匙で食卓を囲み
残りの時間があと僅かであることを受け入れた

溺れることはなかった。じわじわと魚になっていたのかもしれない
半年で足はひとつになっていた
もう右と左が合わない靴下を履く失態もなく指から成った鰭は
ピアノを弾くように器用に水の流れをよむ
種の変化が高速で進んだ事例として
ダーウィンもあの世で腰を抜かしているかもしれない

地球は水の星になった、水の中に雨は降らない、それだけが残念だ
さかなのさなかをぬって泳ぐと空気をかいて進んだ夢を思い出す
苦しくないっていいね

入水自殺で死ねなかった記憶のきょうは魚影が濃いね。
急に水に入ってはいけなかったんだよと、耳打ちしたのは誰？
記憶の中の草原も堰も畔も全部そのままな海底へ導れた
水掻きみたいな流線がきれいな口笛をふき
泡があわいをぬう淡いいろの音階に抱きとめられ
水泡でバウンドしてどこかの時間に飛ばされる

雨の音がした
軒下へ洗濯物を干しながらこのまま雨がやまなければいいのに
の、夢が叶ってしまいました
地球に満ち満ちた水がたんまりと覆う、たいらなわの唇のかたちに
バブルリングを吐くと笑い声の集団が輪をくぐり通り過ぎていく
音を拾うために、耳から伸びたほそく柔らかい手が水をかく

そこにいるよ
ここにいるよ
それでも言葉はいらないよ
やわらかいさかなのままでいたい
水面を屈折して、ひろく、あさく、
ひかりが足を投げ出している

針が欠けた時計の　まだ幼い午睡を繰り返しながら緩やかなカーブの水に乗る
産院の生暖かい匂いがしたような気がして閉じた瞼の裏で二本の手足が揺れて
いる

Sleep Sheep Ship

息を止めた風が
見据えた闇の中に潜むものの
息遣いが荒い

色褪せた死骸で満杯だ
捨てあぐねたものが
地上1メートルあたりを
擦るように白く尾を引き

遠い音が近くでざわざわと
蝙蝠の形態で蹲っている

一匹でもハウリングするから
鳴くのを止めて
まだ夏さえ来ていないのだから
夜が寝具に足を入れたまま
ぬめぬめとした沼へ
移動する葦舟を遮るものはない

こんな深くて浅はかな夜に
飛び込んだら窒息してしまう
朝までの逆算はあおい顔をした

ひつじに任せた

夜が矢を放った先で
獰猛な動物が仕留められた
聴こえた声もその場で捨てて
わたしだけの音を繋ぎ合わせて
夜をはじめる

沼

緩やかなカーブを曲がると
河童の臭いが寄ってくる
沼から這い上がった水掻きのついた
手がイカサマのようにぶら下がっている夏の宵

巡回しない水の腐った魚の死体は
排水口をみつけられず沼底を揺らぐ
飛び交う蝙蝠を

沼から長くギスギスの腕が捕まえて食らった

意識的に避けようとする臭覚の頂点で
たった一瞬のみこんだ息は
恐ろしい力で巻き込んでしまった
吐くだろう、吐かなければ身の内が濁りすぎる

祖母の姉が眠る墓石から　ほど近い沼の名を知らない
車を降りたこともない
ただ夏の宵に、強烈な臭いを放つ地として
河童の足跡がぺたりぺたりと跡をつけて追いかけてくる

引きずりこまれたら負ける

緑色の肌には　爪の奥にまで魚の鱗が
みっしりと繁茂していて
見たこともない存在で圧倒する

針金の入った手や
魚や獣を合体させた干からびた死体を
食い入るようにみつめたブラウン管テレビ

神輿が肩を擦る痛みから
蛍柄の浴衣に着替えて駆け出す
始まれば終わることの刹那を語る
胸を掴んだ闇の、気だるい成分
いつか思い出されることなど予期せず

こうして思い出されている

河童は今でもホルマリン漬けにされている
古びた田舎の病院の　回虫が並ぶ棚の一番端に
わたしが並べた

振り返った目も口も裂けた姿で
どうか車に乗せて下さいと頭を下げ
後部座席に水溜りを残して消える
定番の怪談は今でも用意されていて
いつでも取り出せる

皿を外してジャブジャブと洗う

ガリガリの腰と胸、眦が誰かに似ている

自由にわたしの頭の中から出られないだけで
快適に暮らす未確認なものたちは
みな同じ眼をして存在を誇示するような臭いを放つ

夕焼けスムージー

橙色の暖かい車内はとろとろと溶け出しそうな匂いが混じり合う
電車は駅に止まることなく乗っている者たちの眠りを継続しながら、街をくぐりぬけ見慣れた景色の中を周回している

夕焼けの電車の窓にうつるのは二重にぼけた唇の紅

白鳥座から・を残して飛び立った白鳥が月をぺたんと裏返して夜が始まる
このまま眠りから醒めなければ心地よくしんでしまえるのかもしれない

銀河を走らないことにした
頭上を走るのは時代遅れなのだと朝と夜の船がすれ違いざまに告げたから
太陽の軌跡を、月の軌跡を忘れてしまうほどこの星は屈折率が高くなり誰も見上げない空などいらないのだと

オレンジのカラコンみたいな目の色を自撮りしている夢の中でも

こんなことなら空なんか作るんじゃなかった
溜息が乗り遅れました、五分の遅延が出ています
人の飽和による処理速度が足りない
ついに電車自体が溶けだした
スムージーがどろどろと流れ出す先にカップを持った夜が待っていて眠っている人間を、ぱっくりと大きな口で飲みこんだ

白線を超えて轢かれた君の影　これも一種の自殺でしょうか
書類を抱えて走り出したわたしに電車の記憶は消えている
口元を舐めて味見をする夢占い師の手で言葉にされるその一部は吐き出される
ことを心待ちにしている

夜のからだ

届いてしまった音に震えた耳と
笑った目の奥で蔑んだ黒目が
刻印されて剥がせない

割れた唇、ひびの入った踵
あらゆる部位を熱すぎる湯に浮かべ
ふやかして風呂に浮かんだ全き穢れを
瞬く間に排水口が飲み込むと
一枚剥けた色の薄いわたしに戻る

（いつか消えてしまう
　　　　しまい忘れたように）

やっと夜を始められる
ばっさりと黒い夜着に着替えて
この瞬間のためだけに生きている
と呟いてみた
あまりに馬鹿馬鹿しくて
ひとりで笑い転げていると
水のない波に溺れてすこし泣いた

わたしの夜に音はいらない

盲目の言葉使いの時は去り
あとは捨てるだけの言葉しか持たない
愚者はシチリアレモンのチューハイを
一気に飲み干すと
カサカサの肌に水が満ちることに
深々と頭を垂れた

（わたしに降りて来る時
　　　すべてが幻に分類される夜が好きだ）

いつかの男の上を歪んだ身体が
朧げに這いながら消えていった

妄想が夜にさえ疎らだ

今夜は満月でもないのに
月のひかりが眩しい
得体の知れない言葉が
月から垂れた糸の餌として
ぶら下がっているからだ

三角形の頂点から白んだ液が漏れたら
それは世界を股に掛けた月としての夜だからだ
親の死に目に遭う必要もなく　爪を切る
口笛は白い蛇を呼ぶためにだけ　吹く

未認

まだ生きていない港で
もう死んでいない夜が
泳ぎつかのま晴れ上がる
転がされた飴玉が
溶けた居留守をつかう

その名が伝承でしかない
拠りどころの解けたささくれの空が

ぱっかりと口を閉じている

（飴が欲しいか）

僅かに濃い菫の花弁まで
閉じた気配のない寡黙な夜を抱き
まぶたをぬう重みの
まるい瑠璃の帳

中はまだ見慣れぬ輝きに満ちた浜で
わたしはまだ見知らぬわたしだった

蹂躙（かもしかの踵）

ひかりのさすことのない森では
目の向きをした足の指が灯となり
自由に叢を踏むことを赦されている

本の中では　わたしを穢す猛獣も
毒の虫もいない
足裏の痛みさえも甘美なままに
すこし、浮いているのかもしれない

隠した泉への地図が
欠落した脳のあるべき部位で
選別されたまま踵から下る水を湛える

見知ったはずの駅から何処へも行けずに
森へ入る後ろ姿が　いつの間にか雨にくすんでも
生きてかえれるが帯になる
この森は一度も踏み入れたことがない
いつもその間際で寸断されて
見知らぬ話の続きは森の奥へ続いていた

脆弱な外円の薄い盲目の踵
緑色の肌を手に入れた　白んだ意識の

すべてを赦された夜に
喉をつく木の種類まで決めた

手のひらに入れたものは
そこから幾つもの蔓を出して
潤んだ目で、羨ましい、恨めしいと
繰り返していた

縛られていることの暫くする暇

次の駅までレールからはみ出さない
不自由な柔らかく肌に食い込む縄が
ちいさな　しを迎えた

初めての最後に似つかわしい
かもしかの踵をくじいて
鈍い銀色にひかれた

水瓶の底

波かしら跨ぎ沈まない爪さきの水を渡す

吉凶を占うために顔を叩くと
新しい面が割れた
透明を掬うための手は養生された葉の脈に
保管され少女の裾を祓う
鄙びた裁縫屋の開店を知らせる

何着かの服が
ゆたりと風の蓋をして
潜った位置から右へスライドした

煤けた窓硝子を覗き込むには
車道からの距離は遠すぎて
黒いワンピースが手招くので
目を置いて帰った
次の日にはもうなくなり
わたしが目をつけたことが
誰かに知れてしまったのかもしれない
、と泣いた

降りる場所のない景色に入り込むために
視線を逸らし、瓶に入る

空のものと水のものと
生きているものの総称を
頭に載せた砂漠の女は
亀卜の穢れとされた
明日には神殿の奥で
首をもがれ捧げものとされる
誰かの、何かのために
全ての魂がまだ未熟な
心許ない顔をして
心細さに舌を噛んで揺れていた頃

「わたしたちは熟したのかな」

ねえ、
この指を齧ってみて
滴る血の色が充分に赤いか
誰にも見えないままで
誰かに見えるように
足掻いてみて

生地を裁断し繕った服は
どれもわたしにはすこしだけ窮屈で
大きくなりすぎた甲羅を割り

背中を軽くする

じわりじわりと鳥になるための
身支度を午後四時の袋小路にはさませて
羽ばたきに似た少女が駆け出していく
折れそうな細い足を剥き出しにした
ワンピースには
わたしの目がたくさんついていて
孔雀と呼ばれていた

出典・初出一覧

「らんざつならんし」SS　N　2016.3
「十（とう）」GT　K　2016.3
「ストレイシープ」別冊詩の発見14
「ばか笑いの領分」SS　N　2016.9
「雨を漕ぐ」　あるところに、vol.5
「晴れ上がり」ココア共和国vol.19
「白夜」榛名団15号
「揺れる」GT　K　2015.8
「黒い瞬きの蓋」GT　K　2016.6
「朧」SS　K　2016.7
「儚む」GT　N　2015.7
「溢れる」SS　K　2015.12.1
「雪のわたし国」GT　K　2016.11

※GT・現代詩手帖
SS・詩と思想
N・入選
K・佳作

「たまごの記憶」GT　N　2016.7
「地」SS　N　2016.4
「さかなを産む」GT　K　2016.9
「白い瞬きの蓋」GT　K　2016.5
「見えないものの時間」GT　K　2016.1
「血脈の蛇」SS　K　2015.7
「さなかをかく」狼26号
「Sleep　Sheep　Ship」ユリイカ K　2016.6
「沼」GT　K　2015.11
「夕焼けスムージー」SS　K　2015.8
「夜のからだ」GT　K　2015.8
「未認」SS　K　2016.8
「蹂躙（かもしかの踵）」SS　K　2016.12
「水瓶の底」GT　K　2016.8

梁川梨里　Riri Yanagawa

HP　あおのむらさき
http://ririnahoriri.wix.com/ririyanagawa

Mail
bluemoon1967@docomonet.jp

ひつじの箱　Boîte des moutons

二〇一七年三月二六日　発行

著　者　梁川　梨里

発行者　知念　明子

発行所　七　月　堂

〒一五六―〇〇四三　東京都世田谷区松原二―二六―六
電話　〇三―三三二五―五七一七
FAX　〇三―三三二五―五七三一

印　刷　タイヨー美術印刷

製　本　井関製本

Printed in Japan
ISBN 978-4-87944-270-3 C0092